ANTOINE DE SAINT-EXUPÉRY

Il Piccolo Principe

Con le illustrazioni dell'autore

Prefazione di Nico Orengo

TASCABILI BOMPIANI

Titolo originale
LE PETIT PRINCE

Traduzione di
NINI BOMPIANI BREGOLI

ISBN 88-452-0511-8

© 1943 Gallimard
© 1949 Gruppo Editoriale Fabbri, Bompiani, Sonzogno, Etas S.p.A.
© 1994 R.C.S. Libri & Grandi Opere S.p.A.
© 1997 RCS Libri S.p.A.
Via Mecenate 91 - Milano

XLIII edizione "Tascabili Bompiani" novembre 1997

PREFAZIONE

Il Piccolo Principe arrossisce, è un bambino che non risponde alle domande, ma a qualcuna arrossisce. «E quando si arrossisce, significa sì, vero?» dice Antoine de Saint-Exupéry. È una sfumatura d'acquerello sulle guance, un tocco intimo, impudico e pungente che vale come una conferma.

Il Piccolo Principe è un racconto autobiografico. Durante tutta la sua vita Saint-Exupéry conservò questa particolarità, di arrossire invece di rispondere quando gli si presentavano situazioni di leggero imbarazzo. Fatto così raro in un adulto, che in più è un uomo, tenace residuo dell'infanzia. Un racconto doppiamente autobiografico, più di una confessione e anche un po' un'anticipazione visionaria nell'epilogo.

Esattamente come il Narratore, Saint-Exupéry era pilota di professione. Lo fu all'epoca gloriosa dell'aviazione, quando volare su uno di quegli apparecchi era una magnifica sfida. E da civile, lavorò per l'Aeropostale e fu tra i primi a trasportare per via aerea le lettere della gente. Ebbe realmente una grave avaria in pieno deserto del Sahara, nel 1935, e fu ritrovato e salvato miracolosamente dagli indigeni quando era ormai pressoché morto di sete.

Il bambino che gli si presenta improvvisamente nel deserto è un'altra parte di se stesso, una parte che ebbe la fortuna di incontrare: dal pianeta della sua infanzia forse, senza il quale il pilota avrebbe finito per dimenticare come di solito succede ai grandi. Siccome il Piccolo Principe non risponde alle domande, non si conosce la sua età. Ma è probabile che abbia pressappoco sei anni, l'età del narratore Saint-Exupéry nel momento in cui gli adulti hanno scoraggiato la sua vocazione per il disegno, «convincendosi» a non vedere nient'altro che un cappello nel serpente boa che aveva ingoiato un elefante tutto intero. Ma l'ex bambino aveva sempre conservato quel foglio, per non dimenticare, giustamente, a che punto la mancanza di immaginazione degli adulti potesse essere grande e scoraggiante.

Così, quando il Piccolo Principe gli chiede di disegnare una pecora perché lui è incapace di farne una che gli piaccia (la prima è malata, l'altra ha delle piccole corna nonostante le pecore non ne abbiano, la terza è troppo vecchia), il Narratore tira fuori il suo vecchio disegno, come fosse stato un segno di riconoscimento. Il Piccolo Principe protesta immediatamente: «No, no, no! Non voglio l'elefante dentro al boa... Ho bisogno di una pecora: disegnami una pecora». Questo libera il Narratore e il quarto disegno è quello buono. Una cassa rettangolare con tre buchi per respirare. La pecora del Piccolo Principe è là dentro, probabilmente dorme. «L'essenziale è invisibile agli occhi» dirà il bambino più tardi.

Ha pressappoco sei anni, il Piccolo Principe, l'età in cui Saint-Exupéry, avendo perduto il padre, diventò malinconico e imparò il gusto della solitudine. Fino a quel momento il suo era stato un piccolo mondo: la stella dalla quale, dirà lui al Narratore, è sceso. Un mondo meraviglioso, fatto di poche cose ma tutte importanti. Comunque non senza difficoltà; per esempio tra i semi delle piante che vi crescevano ce n'erano di quelli che bisognava eliminare prima che mettessero le radici. Il baobab, per citarne uno, pianta enorme che sposterebbe sicuramente un pianeta piccolo come quello del Piccolo Principe.

Ma c'erano anche i quarantatré tramonti in un solo giorno (come se il tempo si fosse cullato ai ritmi di un bambino «amante dei tramonti»). Un bambino un po' solo si inventa degli incontri per poterli attendere, e se ne ha voglia, può dilatare la durata del giorno in modo da accumulare un numero sufficiente di quegli incontri. Chi gli impedisce di credere che la luna è tornata quarantatré volte in ventiquattr'ore con il solo scopo di fargli piacere? Certamente non le leggi numeriche dell'astronomia, vizio degli adulti che non arrivano a comprendere ciò che non corrisponde a un calcolo. E in effetti, è soltanto a causa loro che la stella del Piccolo Principe è catalogata come l'asteroide B 612: per credere alla sua esistenza, gli adulti non vorranno sapere se ci vivono delle farfalle, ma piuttosto conoscerne le dimensioni, il suo peso, la distanza... dei numeri...

Invece al Piccolo Principe bastava sapere che c'era la rosa. Delicata, molto delicata e malgrado ciò completamente affidata alle sensazioni del bambino. È lui che la innaffiava, è lui che la difendeva dal vento e dalle grinfie degli animali. Era una rosa esigente.

Qualche volta il Piccolo Principe avrebbe voluto dimenticarla, ma in quel momento si rammentava di essere tutto per la rosa e se ne occupava di nuovo. Era a causa della sua bellezza che alla rosa tanto era dovuto e anche perché il Piccolo Principe ne era responsabile. Era questo che la rendeva così importante.

Sei anni è l'età in cui si comincia ad andare a scuola. Quando un bel giorno, una signora mai vista prima, grassa con il viso largo, la maestra, esige, come se niente fosse, che si allineino su un foglio una serie tutta uguale di segni che, dice, formano la parola «imbuto». Non perché quella donna sia meschina, ma perché la vita è così.

Questo capita anche al bambino di sei anni che Saint-Exupéry era stato. Avrebbe preferito disegnarlo, lui, era un disegno facile quello:

Ma gli adulti, compresa la maestra, non ne avrebbero veramente voluto sapere, del disegno. Sei anni è l'età in cui tutto d'un colpo il mondo si rivela senza limiti e in cui bisogna riuscire, che lo si voglia o no, a far passare questa immensità sconosciuta attraverso l'apertura stretta dell'imbuto.

Ecco perché il Piccolo Principe aveva dovuto lasciare la sua stella e la sua rosa. Per prendere a poco a poco conoscenza, così è la vita, di tutti gli altri pianeti che esistevano oltre al suo. Difficili da capire, esattamente come i piccoli segni della parola «imbuto» scritta in corsivo, poiché sui pianeti gli adulti, dimentichi per la maggior parte del piccolo mondo della loro infanzia, avevano adottato un ragionamento a circolo vizioso. L'ubriacone, per esempio, sul pianeta dove il Piccolo Principe aveva avuto l'occasione di passare, beveva per dimenticare che si vergognava. «Vergogna di che?» gli aveva domandato il Piccolo Principe. «Vergogna di bere!» gli aveva risposto prima di cadere in un silenzio definitivo.

Tutti altrettanto bizzarri gli altri pianeti: quello del re che per esistere aveva bisogno di comandare, poco importa se sul suo pianeta non c'era che lui; quello del vanitoso che si accorgeva degli altri soltanto se si dichiaravano suoi ammiratori; quello dell'uomo d'affari che passava il suo tempo a contare le stelle, cinquecento e un milione di stelle, perché credeva che contandole gli sarebbero appartenute, e siccome sono piccole e gialle come l'oro, credeva che possederne tante significasse essere ricco e poterne comperare delle altre per poi contarle di nuovo e così via. Oppure il pianeta del geografo, che basava il suo lavoro sulle ricerche degli esploratori, ma che non avendo nessun esploratore sotto mano, si crogiolava nell'ignoranza. Tante bizzarrie una dopo l'altra avevano scombussolato il Piccolo Principe. Il bambino di sei anni che Saint-Exupéry era stato, aveva fallito, crescendo, e dimenticato che la stessa cosa era capitata a lui. Ma fortunatamente ebbe l'incontro nel deserto.

A sei anni un bambino sa bene cos'è la solitudine. Era per cercare una consolazione alla solitudine che il Piccolo Principe quando era sulla sua stella contemplava i suoi quarantatré tramonti, ed era per alleviare la solitudine della rosa, che continuava a pensare a lei, anche da lontano. Così il Piccolo Principe non ha paura, anche se si ritrova sulla terra, in pieno deserto del Sahara, dove da principio gli sembra che non ci sia anima viva.

Egli racconterà in seguito al Narratore, quel pilota così impegnato dall'avaria del motore, le grandi cose imparate nel deserto. Il serpente, per esempio, gli ha spiegato il male e come certe volte ciò che sembra un male, può servire a far del bene. La volpe, tanto carina, gli ha rivelato come le amicizie possano essere tante ma sempre uniche. Il Narratore Saint-Exupéry si rammenta, a mano a mano che il Piccolo Principe racconta, di quando anche lui guardava non con gli occhi ma con il cuore. A quel tempo, anche lui sarebbe stato capace, come fa il Piccolo Principe, di scoprire le pozze che li salvano ambedue, una volta esaurita la riserva d'acqua. Una pozza miraggio in cui l'acqua è un nettare. È in quel momento che il racconto diventa confessione e in un certo modo visione. Quando il Piccolo Principe, a distanza di un anno dal suo arrivo sulla terra, decide che il momento è arrivato e si fa mordere dal suo amico serpente. Non si dà la morte, si offre semplicemente a lei, quando ormai il desiderio della rosa è diventato troppo forte per potervi resistere ancora.

Ritornare sulla sua stella.

Qualche mese dopo la pubblicazionne del libro, il 31 luglio 1944, il pilota-poeta Saint-Exupéry farà la stessa cosa. Egli sparirà nel nulla, sorvolando la Baia degli Angeli al largo di Saint-Raphaël. Distrazione, incidente, abbattuto dai tedeschi: tutte ipotesi possibili. L'analogia con l'epilogo del racconto non è meno vera.

Il Piccolo Principe «Cadde dolcemente come cade un albero. Non fece neppure rumore sulla sabbia». «Ma so che è ritornato nel suo pianeta – dice il Narratore – perché al levar del giorno non ho ritrovato il suo corpo». Malgrado le ricerche il corpo di Saint-Exupéry non è mai stato ritrovato e non è mai stata ritrovata la carcassa del suo Lightning da ricognizione. È stato inghiottito dal mare con il suo mistero, colui che veniva soprannominato Pizzicalaluna, per il suo naso che puntava verso l'alto.

Continuare a vivere senza volare, questo gli volevano imporre ritenendo che a quarantaquattro anni un pilota è già vecchio, era troppo triste. Anche per lui il desiderio della resa è stato troppo forte.

Nico Orengo

NOTA BIOGRAFICA

Antoine Jean-Baptiste Marie Roger de Saint-Exupéry nacque a Lione il 29 giugno 1900 da una famiglia aristocratica. Suo padre, il conte Jean de Saint-Exupéry, era ispettore delle assicurazioni, e sua madre, Marie Boyer di Fonscolombe, era pittrice di talento. Orfano di padre a soli quattro anni, era stato allevato dalla madre nel castello di Saint-Maurice-de-Rémens. Il battesimo dell'aria avvenne nel 1912, all'aeroporto di Ambérieu, sull'apparecchio del pilota Védrines destinato a diventare un eroe della prima guerra mondiale. Antoine era allievo con il fratello François al Collegio di Notre-Dame-de-Sainte-Croix, retto dai Padri Gesuiti. Nel 1921 Saint-Exupéry riuscì a prendere il brevetto di pilota civile, poi quello di pilota militare. Intanto scriveva. Nel 1926 aveva pubblicato il suo primo racconto, *L'Aviatore* sulla rivista «Le Navire d'Argent» e aveva avuto il primo posto di pilota di linea presso la Compagnia Generale di Imprese Aeronautiche Latécoère, che assicurava prima dell'Aéropostale, la futura Air France, il collegamento Tolosa-Dakar. Ai diversi incarichi in compagnie aeree, faceva da contrappunto l'uscita dei suoi libri: *Corriere del Sud* (1928), *Volo di notte* (1931). Nel 1938, nel tentativo di stabilire il record di volo New York-Terra del Fuoco, l'aereo di Saint-Exupéry si schianta al suolo poco dopo la partenza. Durante la convalescenza a New York scrive *Terra degli uomini* (1939). Le conseguenze dell'incidente restano però irreparabili: tornato in patria nel 1939 per partecipare alla seconda guerra mondiale, viene dichiarato non idoneo dal competente distretto militare. Antoine riuscì comunque a farsi arruolare nel Gruppo di Grande Ricognizione Aerea 2/33, e a compiere molte imprese pericolose di cui narrerà in *Pilota di guerra* (1942). Nel 1941 tornò a New York, dove nel 1943 pubblicò *Lettera a un ostaggio* e *Il Piccolo Principe*. L'entrata in guerra degli Stati Uniti gli permise di tornare all'azione. Riprese a volare, nonostante i divieti e i continui incidenti aerei, finché il 31 luglio 1944, partito in missione con l'obiettivo di sorvolare la regione di Grenoble-Annecy, fu dato per disperso e non se ne seppe più nulla.

Il Piccolo Principe

credo che egli approfittò, per venirsene via,
di una migrazione di uccelli selvatici.

A LEONE WERTH

Domando perdono ai bambini di aver dedicato questo libro a una persona grande. Ho una scusa seria: questa persona grande è il miglior amico che abbia al mondo. Ho una seconda scusa: questa persona grande può capire tutto, anche i libri per bambini; e ne ho una terza: questa persona grande abita in Francia, ha fame, ha freddo e ha molto bisogno di essere consolata. E se tutte queste scuse non bastano, dedicherò questo libro al bambino che questa grande persona è stato. Tutti i grandi sono stati bambini una volta. (Ma pochi di essi se ne ricordano). Perciò correggo la mia dedica:

A LEONE WERTH

QUANDO ERA UN BAMBINO

Un tempo lontano, quando avevo sei anni, in un libro sulle foreste primordiali, intitolato « Storie vissute della natura », vidi un magnifico disegno. Rappresentava un serpente boa nell'atto di inghiottire un animale. Eccovi la copia del disegno. C'era scritto: « I boa ingoiano la loro preda tutta intera, senza masticarla. Dopo di che non riescono piú a muoversi e dormono durante i sei mesi che la digestione richiede ».

Meditai a lungo sulle avventure della jungla. E a mia volta riuscii a tracciare il mio primo disegno. Il mio disegno numero uno. Era cosí:

Mostrai il mio capolavoro alle persone grandi, domandando se il disegno li spaventava. Ma mi risposero: « Spaventare? Perché mai, uno dovrebbe essere spaventato da un cappello?» Il mio disegno non era il disegno di un cappello. Era il disegno di un boa che digeriva un elefante. Affinché vedessero chiaramente che cos'era, disegnai l'interno del boa. Bisogna sempre spiegargliele le cose, ai grandi. Il mio disegno numero due si presentava così:

Questa volta mi risposero di lasciare da parte i boa, sia di fuori che di dentro, e di applicarmi invece alla geografia, alla storia, all'aritmetica e alla grammatica. Fu così che a sei anni io rinunziai a quella che avrebbe potuto essere la mia gloriosa carriera di pittore. Il fallimento del mio disegno numero uno e del mio disegno numero due mi aveva disanimato. I grandi non capiscono mai niente da soli e i bambini si stancano a spiegargli tutto ogni volta. Allora scelsi un'altra professione e imparai a pilotare gli aeroplani. Ho volato un po' sopra tutto il mondo: e veramente la geografia mi è stata molto utile. A colpo d'occhio posso distinguere la Cina dall'Arizona, e se uno si perde nella notte, questa sapienza è di grande aiuto.

«Questo è il miglior ritratto che riuscii a fare
di lui più tardi».

Ho incontrato molte persone importanti nella mia vita, ho vissuto a lungo in mezzo ai grandi. Li ho conosciuti intimamente, li ho osservati proprio da vicino. Ma l'opinione che avevo di loro non è molto migliorata.

Quando ne incontravo uno che mi sembrava di mente aperta, tentavo l'esperimento del mio disegno numero uno, che ho sempre conservato. Cercavo di capire così se era veramente una persona comprensiva. Ma, chiunque fosse, uomo o donna, mi rispondeva: « È un cappello ».

E allora non parlavo di boa, di foreste primitive, di stelle. Mi abbassavo al suo livello. Gli parlavo di bridge, di golf, di politica, di cravatte. E lui era tutto soddisfatto di avere incontrato un uomo tanto sensibile.

II

Cosí ho trascorso la mia vita solo, senza nessuno cui poter parlare, fino a sei anni fa quando ebbi un incidente col mio aeroplano, nel deserto del Sahara. Qualche cosa si era rotta nel motore, e siccome non avevo con me né un meccanico, né dei passeggeri, mi accinsi da solo a cercare di riparare il guasto. Era una questione di vita o di morte, perché avevo acqua da bere soltanto per una settimana. La prima notte, dormii sulla sabbia, a mille miglia da qualsiasi abitazione umana. Ero piú isolato che un marinaio abbandonato in mezzo all'oceano, su una zattera, dopo un naufragio. Potete immaginare il mio stupore di essere svegliato all'alba da una strana vocetta: «Mi disegni, per favore, una pecora?»

«Cosa?»

«Disegnami una pecora».

Balzai in piedi come fossi stato colpito da un fulmine. Mi strofinai gli occhi piú volte guardandomi attentamente intorno. E vidi una straordinaria personcina che mi stava esaminando con grande serietà. Qui potete vedere il miglior ritratto che riuscii a fare di lui, piú tardi. Ma il mio disegno è molto meno affascinante del modello.

La colpa non è mia, però. Con lo scoraggiamento che hanno dato i grandi, quando avevo sei anni, alla mia carriera di pittore, non ho mai imparato a disegnare altro che serpenti boa dal di fuori o serpenti boa dal di dentro.

Ora guardavo fisso l'improvvisa apparizione con gli occhi fuori dall'orbita per lo stupore. Dovete pensare che mi trovavo a mille miglia da una qualsiasi regione abitata, eppure il mio ometto non sembrava smarrito in mezzo alle sabbie, né tramortito per la fatica, o per la fame, o per la sete, o per la paura. Niente di lui mi dava l'impressione di un bambino sperduto nel deserto, a mille miglia da qualsiasi abitazione umana. Quando finalmente potei parlare gli domandai: « Ma che cosa fai qui? »

Come tutta risposta, egli ripeté lentamente come si trattasse di cosa di molta importanza:

« Per piacere, disegnami una pecora... »

Quando un mistero è così sovraccarico, non si osa disubbidire. Per assurdo che mi sembrasse, a mille miglia da ogni abitazione umana, e in pericolo di morte, tirai fuori dalla tasca un foglietto di carta e la penna stilografica. Ma poi ricordai che i miei studi si erano concentrati sulla geografia, sulla storia, sull'aritmetica e sulla grammatica e gli dissi, un po' di malumore, che non sapevo disegnare. Mi rispose:

« Non importa. Disegnami una pecora... »

Non avevo mai disegnato una pecora e allora feci per lui uno di quei due disegni che avevo fatto tante volte: quello del boa dal di fuori; e fui sorpreso di sentirmi rispondere:

« No, no, no! Non voglio l'elefante dentro al boa. Il boa è molto pericoloso e l'elefante molto ingombrante. Dove vivo io tutto è molto piccolo. Ho bisogno di una pecora: disegnami una pecora ».

Feci il disegno.

Lo guardò attentamente, e poi disse: « No! Questa pecora è malaticcia. Fammene un'altra ».

Feci un altro disegno.

Il mio amico mi sorrise gentilmente, con indulgenza.

« Lo puoi vedere da te », disse, « che questa non è una pecora. È un ariete. Ha le corna ».

Rifeci il disegno una terza volta, ma fu rifiutato come i tre precedenti.

« Questa è troppo vecchia. Voglio una pecora che possa vivere a lungo ». Questa volta la mia pazienza era esaurita, avevo fretta di rimettere a posto il mio motore. Buttai giú un quarto disegno. E tirai fuori questa spiegazione:

« Questa è soltanto la sua cassetta. La pecora che volevi sta dentro ».

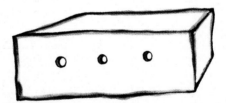

Fui molto sorpreso di vedere il viso del mio piccolo giudice illuminarsi: « Questo è proprio quello che volevo. Pensi che questa pecora dovrà avere una gran quantità d'erba? »

« Perché? »

« Perché dove vivo io, tutto è molto piccolo... »

« Ci sarà certamente abbastanza erba per lei, è molto piccola la pecora che ti ho data ».

Si chinò sul disegno:

« Non cosí piccola che — oh, guarda! — si è messa a dormire... »

E fu cosí che feci la conoscenza del piccolo principe.

III

Ci misi molto tempo a capire da dove venisse. Il piccolo principe, che mi faceva una domanda dopo l'altra, pareva che non sentisse mai le mie.

Sono state le parole dette per caso che, poco a poco, mi hanno rivelato tutto. Cosí, quando vide per la prima volta il mio aeroplano (non lo disegnerò perché sarebbe troppo complicato per me), mi domandò:

« Che cos'è questa cosa? »

Il piccolo principe sull'asteroide B 612.

« Non è una cosa — vola. È un aeroplano. È il mio aeroplano ».

Ero molto fiero di fargli sapere che volavo.

Allora gridò:

« Come? Sei caduto dal cielo! »

« Sì », risposi modestamente.

« Ah! Questa è buffa... »

E il piccolo principe scoppiò in una bella risata che mi irritò. Voglio che le mie disgrazie siano prese sul serio. Poi riprese:

« Allora anche tu vieni dal cielo! Di quale pianeta sei? »

Intravvidi una luce, nel mistero della sua presenza, e lo interrogai bruscamente:

« Tu vieni dunque da un altro pianeta? »

Ma non mi rispose. Scrollò gentilmente il capo osservando l'aeroplano.

« Certo che su quello non puoi venire da molto lontano... »

E si immerse in una lunga meditazione. Poi, tirando fuori dalla tasca la mia pecora, sprofondò nella contemplazione del suo tesoro.

Voi potete bene immaginare come io fossi incuriosito da quella mezza confidenza su « gli altri pianeti ». Cercai dunque di tirargli fuori qualche altra cosa:

« Da dove vieni, ometto? Dov'è la tua casa? Dove vuoi portare la mia pecora? »

Mi rispose dopo un silenzio meditativo:

« Quello che c'è di buono, è che la cassetta che mi hai dato, le servirà da casa per la notte ».

« Certo. E se sei buono ti darò pure una corda per legare la pecora durante il giorno. E un paletto ».

La mia proposta scandalizzò il piccolo principe.

« Legarla? Che buffa idea! »

« Ma se non la leghi andrà in giro e si perderà... »

Il mio amico scoppiò in una nuova risata:

« Ma dove vuoi che vada! »

« Dappertutto. Dritto davanti a sé... »

E il piccolo principe mi rispose gravemente:

« Non importa, è talmente piccolo da me! »

E con un po' di malinconia, forse, aggiunse:

« Dritto davanti a sé non si può andare molto lontano... »

IV

Avevo cosí saputo una seconda cosa molto importante! Che il suo pianeta nativo era poco piú grande di una casa. Tuttavia questo non poteva stupirmi molto. Sapevo benissimo che, oltre ai grandi pianeti come la Terra, Giove, Marte, Venere ai quali si è dato un nome, ce ne sono centinaia ancora che sono a volte cosí piccoli che si arriva sí e no a vederli col telescopio.

Quando un astronomo scopre uno di questi, gli dà per nome un numero. Lo chiama per esempio: « l'asteroide 3251 ».

Ho serie ragioni per credere che il pianeta da dove veniva il piccolo principe è l'asteroide B 612. Questo asteroide

è stato visto una sola volta al telescopio da un astronomo turco. Aveva fatto allora una grande dimostrazione della sua scoperta a un Congresso Internazionale d'Astronomia. Ma in costume com'era, nessuno lo aveva preso sul serio. I grandi sono fatti così.

Fortunatamente per la reputazione dell'asteroide B 612 un dittatore turco impose al suo popolo, sotto pena di morte, di vestire all'europea.

L'astronomo rifece la sua dimostrazione nel 1920, con un abito molto elegante. E questa volta tutto il mondo fu con lui.

Se vi ho raccontato tanti particolari sull'asteroide B 612 e se vi ho rivelato il suo numero, è proprio per i grandi che amano le cifre. Quando voi gli parlate di un nuovo amico, mai si interessano alle cose essenziali. Non si domandano mai: « Qual è il tono della sua voce? Quali sono i suoi giochi preferiti? Fa collezione di farfalle? »

Ma vi domandano: « Che età ha? Quanti fratelli? Quanto pesa? Quanto guadagna suo padre? » Allora soltanto credono di conoscerlo. Se voi dite ai grandi:

« Ho visto una bella casa in mattoni rosa, con dei gerani alle finestre, e dei colombi sul tetto », loro non arrivano a immaginarsela. Bisogna dire: « Ho visto una casa di centomila lire », e allora esclamano: « Com'è bella ».

Cosí se voi gli dite: « La prova che il piccolo principe è esistito, sta nel fatto che era bellissimo, che rideva e che voleva una pecora. Quando uno vuole una pecora è la prova che esiste ».

Be', loro alzeranno le spalle, e vi tratteranno come un bambino. Ma se voi invece gli dite: «Il pianeta da dove veniva è l'asteroide B 612» allora ne sono subito convinti e vi lasciano in pace con le domande. Sono fatti cosí. Non c'è da prendersela. I bambini devono essere indulgenti coi grandi.

Ma certo, noi che comprendiamo la vita, noi ce ne infischiamo dei numeri! Mi sarebbe piaciuto cominciare questo racconto come una storia di fate. Mi sarebbe piaciuto dire:

«C'era una volta un piccolo principe che viveva su di un pianeta poco piú grande di lui e aveva bisogno di un amico...»

Per coloro che comprendono la vita, sarebbe stato molto piú vero. Perché non mi piace che si legga il mio libro alla leggera. È un grande dispiacere per me confidare questi ricordi. Sono già sei anni che il mio amico se ne è andato con la sua pecora e io cerco di descriverlo per non dimenticarlo. È triste dimenticare un amico. E posso anch'io diventare come i grandi che non s'interessano piú che di cifre. Ed è anche per questo che ho comperato una scatola coi colori e con le matite. Non è facile rimettersi al disegno alla mia età quando non si sono fatti altri tentativi che quello di un serpente boa dal di fuori e quello di un serpente boa dal di dentro, e all'età di sei anni. Mi studierò di fare ritratti somigliantissimi. Ma non sono affatto sicuro di riuscirvi. Un disegno va bene, ma l'altro non assomiglia per niente. Mi sbaglio anche sulla statura. Qui il piccolo principe è troppo grande. Là è troppo piccolo. Esito persino sul colore del suo vestito. E allora tento e tentenno, bene o male. E finirò per sbagliarmi su certi particolari più importanti. Ma questo bisogna perdonarmelo. Il mio amico non mi dava mai delle spiegazioni. Forse credeva che fossi come lui. Io, sfortunatamente, non sapevo vedere le pecore attraverso le casse. Può darsi che io sia un po' come i grandi. Devo essere invecchiato.

V

Ogni giorno imparavo qualche cosa sul pianeta, sulla partenza, sul viaggio. Veniva da sé, per qualche riflessione.

Fu così che al terzo giorno conobbi il dramma dei baobab.

Anche questa volta fu merito della pecora, perché bruscamente il piccolo principe mi interrogò, come preso da un grave dubbio:

« È proprio vero che le pecore mangiano gli arbusti? »

« Sí, è vero ».

« Ah! Sono contento ».

Non capii perché era cosí importante che le pecore mangiassero gli arbusti. Ma il piccolo principe continuò:

« Allora mangiano anche i baobab? »

Feci osservare al piccolo principe che i baobab non sono degli arbusti, ma degli alberi grandi come chiese e che se anche avesse portato con sé una mandria di elefanti, non sarebbe venuto a capo di un solo baobab.

L'idea della mandria di elefanti fece ridere il piccolo principe:

« Bisognerebbe metterli gli uni su gli altri... »

Ma osservò saggiamente:

« I baobab prima di diventar grandi cominciano con l'essere piccoli ».

« È esatto! Ma perché vuoi che le tue pecore mangino i piccoli baobab? »

« Be'! Si capisce », mi rispose come se si trattasse di una cosa evidente. E mi ci volle un grande sforzo d'intelligenza per capire da solo questo problema.

Infatti, sul pianeta del piccolo principe ci sono, come su tutti i pianeti, le erbe buone e quelle cattive. Di conseguenza: dei buoni semi di erbe buone e dei cattivi semi di erbe cattive. Ma i semi sono invisibili. Dormono nel segreto della terra fino a che all'uno o all'altro pigli la fantasia di risvegliarsi. Allora si stira, e sospinge da principio timidamente verso il sole un bellissimo ramoscello inoffensivo. Se si tratta di un ramoscello di rava-nello o di rosaio, si può lasciarlo spuntare come vuole. Ma se si tratta di una pianta cattiva, bisogna strapparla subito, appena la si è riconosciuta. C'era-no dei terribili semi sul pianeta del piccolo prin-cipe: erano i semi dei baobab. Il suolo ne era infestato. Ora, un baobab, se si arriva troppo tardi, non si riesce piú a sbarazzarsene. Ingombra tutto il pianeta. Lo trapassa con le sue radici. E se il pianeta è troppo piccolo e i baobab troppo numerosi, lo fanno scoppiare.

« È una questione di disciplina », mi diceva piú tardi il piccolo principe. « Quando si ha finito di lavarsi al mattino, bisogna fare con cura la pulizia del pianeta. Bisogna costringersi regolarmente a strappare i baobab appena li si distingue dai rosai ai quali assomigliano molto quando sono piccoli. È un lavoro molto noioso, ma facile ».

E un giorno mi consigliò di fare un bel disegno per far entrare bene questa idea nella testa dei bambini del mio paese.

« Se un giorno viaggeranno », mi diceva, « questo consiglio gli potrà servire. Qualche volta è senza inconvenienti rimettere a piú tardi il proprio lavoro. Ma se si tratta dei baobab è sempre una catastrofe. Ho conosciuto un pianeta abitato da un pigro. Aveva trascurato tre arbusti... »

E sull'indicazione del piccolo principe ho disegnato quel pianeta. Non mi piace prendere il tono del moralista. Ma il pericolo dei baobab è cosí poco conosciuto, e i rischi che correrebbe chi si smarrisse su un asteroide, cosí gravi, che una volta tanto ho fatto eccezione.

E dico: « Bambini! Fate attenzione ai baobab! »

E per avvertire i miei amici di un pericolo che hanno sempre sfiorato, come me stesso, senza conoscerlo, ho tanto lavorato a questo disegno. La lezione che davo, giustificava la fatica. Voi mi domanderete forse: Perché non ci sono in questo libro altri disegni altrettanto grandiosi come quello dei baobab? La risposta è molto semplice: Ho cercato di farne uno, ma non ci sono riuscito. Quando ho disegnato i baobab ero animato dal sentimento dell'urgenza.

I baobab.

VI

Oh, piccolo principe, ho capito a poco a poco la tua piccola vita malinconica. Per molto tempo tu non avevi avuto per distrazione che la dolcezza dei tramonti. Ho appreso questo nuovo particolare il quarto giorno, al mattino, quando mi hai detto:

« Mi piacciono tanto i tramonti. Andiamo a vedere un tramonto... »

« Ma bisogna aspettare... »

« Aspettare che? »

« Che il sole tramonti... »

Da prima hai avuto un'aria molto sorpresa, e poi hai riso di te stesso e mi hai detto:

« Mi credo sempre a casa mia!... »

Infatti. Quando agli Stati Uniti è mezzogiorno tutto il mondo sa che il sole tramonta sulla Francia. Basterebbe poter andare in Francia in un minuto per assistere al tramonto. Sfortunatamente la Francia è troppo lontana. Ma sul tuo piccolo pianeta ti bastava spostare la tua sedia di qualche passo. E guardavi il crepuscolo tutte le volte che lo volevi... « Un giorno ho visto il sole tramontare quarantatré volte! »

E più tardi hai soggiunto:

« Sai... quando si è molto tristi si amano i tramonti... »

« Il giorno delle quarantatré volte eri tanto triste? » Ma il piccolo principe non rispose.

VII

Al quinto giorno, sempre grazie alla pecora, mi fu svelato questo segreto della vita del piccolo principe. Mi domandò bruscamente, senza preamboli, come il frutto di un problema meditato a lungo in silenzio:

« Una pecora se mangia gli arbusti, mangia anche i fiori? »

« Una pecora mangia tutto quello che trova ».

« Anche i fiori che hanno le spine? »

« Sì. Anche i fiori che hanno le spine ».

« Ma allora le spine a che cosa servono? »

Non lo sapevo. Ero in quel momento occupatissimo a cercare di svitare un bullone troppo stretto del mio motore. Ero preoccupato perché la mia *panne* cominciava ad apparirmi molto grave e l'acqua da bere che si consumava mi faceva temere il peggio.

« Le spine a che cosa servono? »

Il piccolo principe non rinunciava mai a una domanda che aveva fatta. Ero irritato per il mio bullone e risposi a casaccio:

« Le spine non servono a niente, è pura cattiveria da parte dei fiori ».

« Oh! »

Ma dopo un silenzio mi gettò in viso con una specie di rancore:

« Non ti credo! I fiori sono deboli. Sono ingenui. Si rassicurano come possono. Si credono terribili con le loro spine... »

Non risposi. In quel momento mi dicevo:

« Se questo bullone resiste ancora, lo farò saltare con un colpo di martello ». Il piccolo principe disturbò di nuovo le mie riflessioni.

« E tu credi, tu, che i fiori... »

« Ma no! Ma no! Non credo niente! Ho risposto una cosa qualsiasi. Mi occupo di cose serie, io! »

Mi guardò stupefatto.

« Di cose serie! »

Mi vedeva col martello in mano, le dita nere di sugna, chinato su un oggetto che gli sembrava molto brutto.

« Parli come i grandi! »

Ne ebbi un po' di vergogna. Ma, senza pietà, aggiunse:

« Tu confondi tutto... tu mescoli tutto! »

Era veramente irritato. Scuoteva al vento i suoi capelli dorati.

« Io conosco un pianeta su cui c'è un signor Chermisi. Non ha mai respirato un fiore. Non ha mai guardato una stella. Non ha mai voluto bene a nessuno. Non fa altro che addizioni. E tutto il giorno ripete come te: "Io sono un uomo serio!

Io sono un uomo serio!" e si gonfia di orgoglio.
Ma non è un uomo, è un fungo! »

« Che cosa? »

« Un fungo! »

Il piccolo principe adesso era bianco di collera.

« Da migliaia di anni i fiori fabbricano le spine.
Da migliaia di anni le pecore mangiano tuttavia
i fiori.

« E non è una cosa seria cercare di capire perché
i fiori si danno tanto da fare per fabbricarsi delle
spine che non servono a niente? Non è importante
la guerra fra le pecore e i fiori? Non è più serio e
più importante delle addizioni di un grosso signore
rosso? E se io conosco un fiore unico al mondo,
che non esiste da nessuna parte, altro che nel mio
pianeta, e che una piccola pecora può distruggere
di colpo, così un mattino, senza rendersi conto di
quello che fa, non è importante questo! »

Arrossì, poi riprese:

« Se qualcuno ama un fiore, di cui esiste un
solo esemplare in milioni e milioni di stelle, questo basta a farlo felice quando lo guarda.

« E lui si dice: "Il mio fiore è là in qualche
luogo."

« Ma se la pecora mangia il fiore, è come se per
lui tutto a un tratto, tutte le stelle si spegnessero!
E non è importante questo! »

Non poté proseguire. Scoppiò bruscamente in

singhiozzi. Era caduta la notte. Avevo abbandonato i miei utensili. Me ne infischiavo del mio martello, del mio bullone, della sete e della morte. Su di una stella, un pianeta, il mio, la Terra, c'era un piccolo principe da consolare! Lo presi in braccio. Lo cullai. Gli dicevo: « Il fiore che tu ami non è in pericolo... Disegnerò una museruola per la tua pecora... e una corazza per il tuo fiore... Io... »

Non sapevo bene che cosa dirgli. Mi sentivo molto maldestro. Non sapevo come toccarlo, come raggiungerlo... Il paese delle lacrime è così misterioso.

38

VIII

Imparai ben presto a conoscere meglio questo fiore. C'erano sempre stati sul pianeta del piccolo principe dei fiori molto semplici, ornati di una sola raggiera di petali, che non tenevano posto e non disturbavano nessuno. Apparivano un mattino nell'erba e si spegnevano la sera. Ma questo era spuntato un giorno, da un seme venuto chissà da dove, e il piccolo principe aveva sorvegliato da vicino questo ramoscello che non assomigliava a nessun altro ramoscello. Poteva essere una nuova specie di baobab. Ma l'arbusto cessò presto di crescere e cominciò a preparare un fiore. Il piccolo principe, che assisteva alla formazione di un bocciolo enorme, sentiva che ne sarebbe uscita un'apparizione miracolosa, ma il fiore non smetteva piú di prepararsi ad essere bello, al riparo della sua camera verde. Sceglieva con cura i suoi colori, si vestiva lentamente, aggiustava i suoi petali ad uno ad uno. Non voleva uscire sgualcito come un papavero. Non voleva apparire che nel pieno splendore della sua bellezza. Eh, sí, c'era una gran civetteria in tutto questo! La sua misteriosa toeletta era durata giorni e giorni. E poi, ecco che un mattino, proprio all'ora del levar del sole, si era mostrato.

E lui, che aveva lavorato con tanta precisione, disse sbadigliando:

« Ah! mi sveglio ora. Ti chiedo scusa... sono ancora tutto spettinato... »

Il piccolo principe allora non poté frenare la sua ammirazione:

« Come sei bello! »

« Vero », rispose dolcemente il fiore, « e sono nato insieme al sole... »

Il piccolo principe indovinò che non era molto modesto, ma era cosí commovente!

« Credo che sia l'ora del caffè e latte », aveva soggiunto, « vorresti pensare a me... »

«Spazzò con cura il camino dei suoi vulcani in attività».

E il piccolo principe, tutto confuso, andò a cercare un innaffiatoio di acqua fresca e servì al fiore la sua colazione.

Così l'aveva ben presto tormentato con la sua vanità un poco ombrosa. Per esempio, un giorno, parlando delle sue quattro spine, gli aveva detto:

« Possono venire le tigri, con i loro artigli! »

« Non ci sono tigri sul mio pianeta », aveva obiettato il piccolo principe, « e poi le tigri non mangiano l'erba ».

« Io non sono un'erba », aveva dolcemente risposto il fiore.

« Scusami... »

« Non ho paura delle tigri, ma ho orrore delle

correnti d'aria... Non avresti per caso un paravento? »

« Orrore delle correnti d'aria?

« È un po' grave per una pianta », aveva osser-
vato il piccolo principe. « È molto complicato questo fiore... »

« Alla sera mi metterai al riparo sotto a una
campana di vetro. Fa molto freddo qui da te...
Non è una sistemazione che mi soddisfi. Da dove
vengo io... »

Ma si era interrotto. Era venuto sotto forma di
seme. Non poteva conoscere nulla degli altri mon-
di. Umiliato di essersi lasciato sorprendere a dire
una bugia cosí ingenua, aveva tossito due o tre

volte, per mettere il piccolo principe dalla parte del torto...

« E questo paravento?... »

« Andavo a cercarlo, ma tu mi parlavi! »

Allora aveva forzato la sua tosse per fargli venire dei rimorsi. Così il piccolo principe, nonostante tutta la buona volontà del suo amore, aveva co-

minciato a dubitare di lui. Aveva preso sul serio delle parole senza importanza che l'avevano reso infelice.

« Avrei dovuto non ascoltarlo », mi confidò un giorno, « non bisogna mai ascoltare i fiori. Basta guardarli e respirarli. Il mio, profumava il mio pianeta, ma non sapevo rallegrarmene. Quella storia degli artigli, che mi aveva tanto raggelato, avrebbe dovuto intenerirmi ».

E mi confidò ancora:

« Non ho saputo capire niente allora! Avrei dovuto giudicarlo dagli atti, non dalle parole. Mi profumava e mi illuminava. Non avrei mai dovuto venirmene via! Avrei dovuto indovinare la sua tenerezza dietro le piccole astuzie. I fiori sono così contraddittori! Ma ero troppo giovane per saperlo amare ».

IX

Io credo che egli approfittò, per venirsene via, di una migrazione di uccelli selvatici. Il mattino della partenza mise bene in ordine il suo pianeta. Spazzò accuratamente il camino dei suoi vulcani in attività. Possedeva due vulcani in attività. Ed era molto comodo per far scaldare la colazione del mattino. E possedeva anche un vulcano spento. Ma, come lui diceva, « non si sa mai » e così spazzò anche il camino del vulcano spento. Se i camini sono ben puliti, bruciano piano piano, regolarmente, senza eruzioni. Le eruzioni vulcaniche sono come gli scoppi nei caminetti. È evidente che sulla nostra terra noi siamo troppo piccoli per poter spazzare il camino dei nostri vulcani ed è per questo che ci dànno tanti guai.

Il piccolo principe strappò anche con una certa malinconia gli ultimi germogli dei baobab. Credeva di non ritornare piú. Ma tutti quei lavori consueti gli sembravano, quel mattino, estremamente dolci. E quando innaffiò per l'ultima volta il suo fiore, e si preparò a metterlo al riparo sotto la campana di vetro, scoprí che aveva una gran voglia di piangere.

« Addio », disse al fiore.

Ma il fiore non rispose.

« Addio », ripeté.

Il fiore tossí. Ma non era perché fosse raffreddato.

« Sono stato uno sciocco », disse finalmente, « scusami, e cerca di essere felice ».

Fu sorpreso dalla mancanza di rimproveri. Ne rimase sconcertato, con la campana di vetro per aria. Non capiva quella calma dolcezza.

« Ma sí, ti voglio bene », disse il fiore, « e tu non l'hai saputo per colpa mia. Questo non ha importanza, ma sei stato sciocco quanto me. Cerca di essere felice. Lascia questa campana di vetro, non la voglio piú ».

« Ma il vento... »

« Non sono cosí raffreddato. L'aria fresca della notte mi farà bene. Sono un fiore ».

« Ma le bestie... »

« Devo pur sopportare qualche bruco se voglio conoscere le farfalle, sembra che siano cosí belle. Se no chi verrà a farmi visita? Tu sarai lontano e delle grosse bestie non ho paura. Ho i miei artigli ».

E mostrava ingenuamente le sue quattro spine. Poi continuò:

« Non indugiare cosí, è irritante. Hai deciso di partire e allora vattene ».

Perché non voleva che io lo vedessi piangere. Era un fiore cosí orgoglioso...

X

Il piccolo principe si trovava nella regione degli asteroidi 325, 326, 327, 328, 329 e 330. Cominciò a visitarli per cercare un'occupazione e per istruirsi.

Il primo asteroide era abitato da un re. Il re, vestito di porpora e d'ermellino, sedeva su un trono molto semplice e nello stesso tempo maestoso.

« Ah! ecco un suddito », esclamò il re appena vide il piccolo principe.

E il piccolo principe si domandò:

« Come può riconoscermi se non mi ha mai visto? »

Non sapeva che per i re il mondo è molto semplificato. Tutti gli uomini sono dei sudditi.

« Avvicinati che ti veda meglio », gli disse il re che era molto fiero di essere finalmente re per qualcuno.

Il piccolo principe cercò con gli occhi dove potersi sedere, ma il pianeta era tutto occupato dal magnifico manto di ermellino. Dovette rimanere in piedi, ma era tanto stanco che sbadigliò.

« È contro all'etichetta sbadigliare alla presenza di un re », gli disse il monarca, « te lo proibisco ».

« Non posso farne a meno », rispose tutto confuso il piccolo principe. « Ho fatto un lungo viaggio e non ho dormito... »

« Allora », gli disse il re, « ti ordino di sbadigliare. Sono anni che non vedo qualcuno che sbadiglia, e gli sbadigli sono una curiosità per me. Avanti! Sbadiglia ancora. È un ordine ».

« Mi avete intimidito... non posso piú », disse il piccolo principe arrossendo.

« Hum! hum! » rispose il re. « Allora io... io ti ordino di sbadigliare un po' e un po'... »

Borbottò qualche cosa e sembrò seccato. Perché il re teneva assolutamente a che la sua autorità fosse rispettata. Non tollerava la disubbidienza. Era un monarca assoluto. Ma siccome era molto buono, dava degli ordini ragionevoli.

« Se ordinassi », diceva abitualmente, « se ordinassi a un generale di trasformarsi in un uccello marino, e se il generale non ubbidisse, non sarebbe colpa del generale. Sarebbe colpa mia ».

« Posso sedermi? » s'informò timidamente il piccolo principe.

« Ti ordino di sederti », gli rispose il re che ritirò maestosamente una falda del suo mantello di ermellino.

Il piccolo principe era molto stupito. Il pianeta era piccolissimo e allora su che cosa il re poteva regnare?

« Sire », gli disse, « scusatemi se vi interrogo... »

« Ti ordino di interrogarmi », si affrettò a rispondere il re.

« Sire, su che cosa regnate? »

« Su tutto », rispose il re con grande semplicità.

« Su tutto? »

Il re con un gesto discreto indicò il suo pianeta, gli altri pianeti, e le stelle.

« Su tutto questo? » domandò il piccolo principe.

50

« Su tutto questo... » rispose il re.

Perché non era solamente un monarca assoluto, ma era un monarca universale.

« E le stelle vi ubbidiscono? »

« Certamente », gli disse il re. « Mi ubbidiscono immediatamente. Non tollero l'indisciplina ».

Un tale potere meravigliò il piccolo principe. Se l'avesse avuto lui, avrebbe potuto assistere non a quarantatré, ma a settantadue, o anche a cento, a duecento tramonti nella stessa giornata, senza dover spostare mai la sua sedia! E sentendosi un po' triste al pensiero del suo piccolo pianeta abbandonato, si azzardò a sollecitare una grazia dal re:

« Vorrei tanto vedere un tramonto... Fatemi questo piacere... Ordinate al sole di tramontare... »

« Se ordinassi a un generale di volare da un fiore all'altro come una farfalla, o di scrivere una tragedia, o di trasformarsi in un uccello marino; e se il generale non eseguisse l'ordine ricevuto, chi avrebbe torto, lui o io? »

« L'avreste voi », disse con fermezza il piccolo principe.

« Esatto. Bisogna esigere da ciascuno quello che ciascuno può dare », continuò il re. « L'autorità riposa, prima di tutto, sulla ragione. Se tu ordini al tuo popolo di andare a gettarsi in mare, farà la rivoluzione. Ho il diritto di esigere l'ubbidienza perché i miei ordini sono ragionevoli ».

« E allora il mio tramonto? » ricordò il piccolo principe che non si dimenticava mai di una domanda una volta che l'aveva fatta.

« L'avrai il tuo tramonto, lo esigerò, ma, nella mia sapienza di governo, aspetterò che le condizioni siano favorevoli ».

« E quando saranno? » s'informò il piccolo principe.

« Hem! hem! » gli rispose il re che intanto consultava un grosso calendario, « hem! hem! sarà verso, verso, sarà questa sera verso le sette e quaranta! E vedrai come sarò ubbidito a puntino ».

Il piccolo principe sbadigliò. Rimpiangeva il suo tramonto mancato. E poi incominciava ad annoiarsi.

« Non ho più niente da fare qui », disse al re. « Me ne vado ».

« Non partire », rispose il re che era tanto fiero di avere un suddito, « non partire, ti farò ministro! »

« Ministro di che? »

« Di... della giustizia! »

« Ma se non c'è nessuno da giudicare? »

« Non si sa mai », gli disse il re. « Non ho ancora fatto il giro del mio regno. Sono molto vecchio, non c'è posto per una carrozza e mi stanco a camminare ».

« Oh! ma ho già visto io », disse il piccolo principe sporgendosi per dare ancora un'occhiata sull'altra parte del pianeta. « Neppure laggiú c'è qualcuno ».

« Giudicherai te stesso », gli rispose il re. « È la cosa piú difficile. È molto piú difficile giudicare se stessi che gli altri. Se riesci a giudicarti bene è segno che sei veramente un saggio ».

« Io », disse il piccolo principe, « io posso giudicarmi ovunque. Non ho bisogno di abitare qui ».

« Hem! hem! » disse il re. « Credo che da qualche parte sul mio pianeta ci sia un vecchio topo. Lo sento durante la notte. Potrai giudicare questo vecchio topo. Lo condannerai a morte di tanto in tanto. Cosí la sua vita dipenderà dalla tua giustizia. Ma lo grazierai ogni volta per economizzarlo. Non ce n'è che uno ».

« Non mi piace condannare a morte », rispose il piccolo principe, « preferisco andarmene ».

« No », disse il re.

Ma il piccolo principe che aveva finiti i suoi preparativi di partenza, non voleva dare un dolore al vecchio monarca:

« Se Vostra Maestà desidera essere ubbidito puntualmente, può darmi un ordine ragionevole. Potrebbe ordinarmi, per esempio, di partire prima che sia passato un minuto. Mi pare che le condizioni siano favorevoli... »

E siccome il re non rispondeva, il piccolo prin-

cipe esitò un momento e poi con un sospiro se ne
partì.

« Ti nomino mio ambasciatore », si affrettò a
gridargli appresso il re.

Aveva un'aria di grande autorità.

Sono ben strani i grandi, si disse il piccolo principe durante il viaggio.

XI

Il secondo pianeta era abitato da un vanitoso.

« Ah! ah! ecco la visita di un ammiratore », gridò da lontano il vanitoso appena scorse il piccolo principe.

Per i vanitosi tutti gli altri uomini sono degli ammiratori.

« Buon giorno », disse il piccolo principe, « che buffo cappello avete! »

« È per salutare », gli rispose il vanitoso. « È per salutare quando mi acclamano, ma sfortunatamente non passa mai nessuno da queste parti ».

« Ah sí? » disse il piccolo principe che non capiva.

« Batti le mani l'una contro l'altra », consigliò perciò il vanitoso.

Il piccolo principe batté le mani l'una contro l'altra e il vanitoso salutò con modestia sollevando il cappello.

« È piú divertente che la visita al re », si disse il piccolo principe, e ricominciò a battere le mani l'una contro l'altra. Il vanitoso ricominciò a salutare sollevando il cappello.

Dopo cinque minuti di questo esercizio il piccolo principe si stancò della monotonia del gioco:

« E che cosa bisogna fare », domandò, « perché il cappello caschi? »

Ma il vanitoso non l'intese. I vanitosi non sentono altro che le lodi.

« Mi ammiri molto, veramente? » domandò al piccolo principe.

« Che cosa vuol dire ammirare? »

« Ammirare vuol dire riconoscere che io sono l'uomo piú bello, piú elegante, piú ricco e piú intelligente di tutto il pianeta ».

« Ma tu sei solo sul tuo pianeta! »

« Fammi questo piacere. Ammirami lo stesso! »

« Ti ammiro », disse il piccolo principe, alzando un poco le spalle, « ma tu che te ne fai? »

E il piccolo principe se ne andò.

Decisamente i grandi sono ben bizzarri, diceva con semplicità a se stesso, durante il suo viaggio.

XII

Il pianeta appresso era abitato da un ubriacone. Questa visita fu molto breve, ma immerse il piccolo principe in una grande malinconia.

« Che cosa fai? » chiese all'ubriacone che stava in silenzio davanti a una collezione di bottiglie vuote e a una collezione di bottiglie piene.

« Bevo », rispose, in tono lugubre, l'ubriacone.

« Perché bevi? » domandò il piccolo principe.

« Per dimenticare », rispose l'ubriacone.

« Per dimenticare che cosa? » s'informò il piccolo principe che cominciava già a compiangerlo.

« Per dimenticare che ho vergogna », confessò l'ubriacone abbassando la testa.

« Vergogna di che? » insistette il piccolo principe che desiderava soccorrerlo.

« Vergogna di bere! » e l'ubriacone si chiuse in un silenzio definitivo.

Il piccolo principe se ne andò perplesso.

I grandi, decisamente, sono molto, molto bizzarri, si disse durante il viaggio.

XIII

Il quarto pianeta era abitato da un uomo d'affari. Questo uomo era cosí occupato che non alzò neppure la testa all'arrivo del piccolo principe.

« Buon giorno », gli disse questi. « La vostra sigaretta è spenta ».

« Tre piú due fa cinque. Cinque piú sette: dodici. Dodici piú tre: quindici. Buon giorno. Quindici piú sette fa ventidue. Ventidue piú sei: ventotto. Non ho tempo per riaccenderla. Ventisei piú cinque trentuno. Ouf! Dunque fa cinquecento e un milione seicento ventiduemila settecento trentuno ».

« Cinquecento milioni di che? »

« Hem! Sei sempre lí? Cinquecento e un milione di... non lo so piú. Ho talmente da fare! Sono un uomo serio, io, non mi diverto con delle frottole! Due piú cinque: sette... »

« Cinquecento e un milione di che? » ripeté il piccolo principe che mai aveva rinunciato a una domanda una volta che l'aveva espressa.

L'uomo d'affari alzò la testa:

« Da cinquantaquattro anni che abito in questo pianeta non sono stato disturbato che tre volte. La prima volta è stato ventidue anni fa, da una melolonta che era caduta chissà da dove. Faceva un rumore spaventoso e ho fatto quattro errori in una addizione. La seconda volta è stato undici anni fa per una crisi di reumatismi. Non mi muovo mai, non ho il tempo di girandolare. Sono un uomo serio, io. La terza volta... eccolo! Dicevo dunque cinquecento e un milione ».

« Milioni di che? »

L'uomo d'affari capí che non c'era speranza di pace.

« Milioni di quelle piccole cose che si vedono qualche volta nel cielo ».

« Di mosche? »

« Ma no, di piccole cose che brillano ».

« Di api? »

« Ma no. Di quelle piccole cose dorate che fanno fantasticare i poltroni. Ma sono un uomo serio, io! Non ho il tempo di fantasticare ».

« Ah! di stelle? »

« Eccoci. Di stelle ».

« E che ne fai di cinquecento milioni di stelle? »

« Cinquecento e un milione seicentoventiduemilasettecentotrentuno. Sono un uomo serio io, sono un uomo preciso ».

« E che te ne fai di queste stelle? »

« Che cosa me ne faccio? »

« Sí ».

« Niente. Le possiedo ».

« Tu possiedi le stelle? »

« Sí ».

« Ma ho già veduto un re che... »

« I re non possiedono. Ci regnano sopra. È molto diverso ».

« E a che ti serve possedere le stelle? »

« Mi serve ad essere ricco ».

« E a che ti serve essere ricco? »

« A comperare delle altre stelle, se qualcuno ne trova ».

Questo qui, si disse il piccolo principe, ragiona un po' come il mio ubriacone.

Ma pure domandò ancora:

« Come si può possedere le stelle? »

« Di chi sono? » rispose facendo stridere i denti l'uomo d'affari.

« Non lo so, di nessuno ».

« Allora sono mie che vi ho pensato per il primo ».

« E questo basta? »

« Certo. Quando trovi un diamante che non è di nessuno, è tuo. Quando trovi un'isola che non è di nessuno, è tua. Quando tu hai un'idea per primo, la fai brevettare, ed è tua. E io possiedo le stelle, perché mai nessuno prima di me si è sognato di possederle ».

« Questo è vero », disse il piccolo principe. « Che te ne fai? »

« Le amministro. Le conto e le riconto », disse l'uomo d'affari. « È una cosa difficile, ma io sono un uomo serio! »

Il piccolo principe non era ancora soddisfatto.

« Io, se possiedo un fazzoletto di seta, posso metterlo intorno al collo e portarmelo via. Se possiedo un fiore, posso cogliere il mio fiore e portarlo con me. Ma tu non puoi cogliere le stelle ».

« No, ma posso depositarle alla banca ».

« Che cosa vuol dire? »

« Vuol dire che scrivo su un pezzetto di carta il numero delle mie stelle e poi chiudo a chiave questo pezzetto di carta in un cassetto ».

« Tutto qui? »

« È sufficiente ».

È divertente, pensò il piccolo principe, e abbastanza poetico. Ma non è molto serio.

Il piccolo principe aveva sulle cose serie delle idee molto diverse da quelle dei grandi.

« Io », disse il piccolo principe, « possiedo un fiore che innaffio tutti i giorni. Possiedo tre vulcani dei quali spazzo il camino tutte le settimane. Perché spazzo il camino anche di quello spento. Non si sa mai. È utile ai miei vulcani, ed è utile al mio fiore che io li possegga. Ma tu non sei utile alle stelle... »

L'uomo d'affari aprì la bocca ma non trovò niente da rispondere e il piccolo principe se ne andò.

Decisamente i grandi sono proprio straordinari, si disse semplicemente durante il viaggio.

XIV

Il quinto pianeta era molto strano. Vi era appena il posto per sistemare un lampione e l'uomo che l'accendeva. Il piccolo principe non riusciva a spiegarsi a che potessero servire, spersi nel cielo, su di un pianeta senza case, senza abitanti, un lampione e il lampionaio.

Eppure si disse:

« Forse quest'uomo è veramente assurdo. Però è meno assurdo del re, del vanitoso, dell'uomo d'affari e dell'ubriacone. Almeno il suo lavoro ha un senso. Quando accende il suo lampione, è come se facesse nascere una stella in piú, o un fiore. Quando lo spegne addormenta il fiore o la stella. È una bellissima occupazione, ed è veramente utile, perché è bella ».

Salendo sul pianeta salutò rispettosamente l'uomo:

« Buon giorno. Perché spegni il tuo lampione? »

« È la consegna », rispose il lampionaio. « Buon giorno ».

« Che cos'è la consegna? »

« È di spegnere il mio lampione. Buona sera ».
E lo riaccese.

« E adesso perché lo riaccendi? »

« È la consegna ».

« Non capisco », disse il piccolo principe.

« Non c'è nulla da capire », disse l'uomo, « la consegna è la consegna. Buon giorno ». E spense il lampione.

Poi si asciugò la fronte con un fazzoletto a quadri rossi.

« Faccio un mestiere terribile. Una volta era ragionevole. Accendevo al mattino e spegnevo alla sera, e avevo il resto del giorno per riposarmi e il resto della notte per dormire... »

« E dopo di allora è cambiata la consegna? »

« La consegna non è cambiata », disse il lampionaio, « è proprio questo il dramma. Il pianeta di anno in anno ha girato sempre piú in fretta e la consegna non è stata cambiata! »

« Ebbene? » disse il piccolo principe.

« Ebbene, ora che fa un giro al minuto, non ho piú un secondo di riposo. Accendo e spengo una volta al minuto! »

« È divertente! I giorni da te durano un minuto! »

« Non è per nulla divertente », disse l'uomo. « Lo sai che stiamo parlando da un mese? »

« Da un mese? »

« Sí. Trenta minuti: trenta giorni! Buona sera ».

E riaccese il suo lampione.

«Faccio un mestiere terribile».

Il piccolo principe lo guardò e sentì improvvisamente di amare questo uomo che era così fedele alla sua consegna. Si ricordò dei tramonti che lui stesso una volta andava a cercare, spostando la sua sedia. E volle aiutare il suo amico:

« Sai... conosco un modo per riposarti quando vorrai... »

« Lo vorrei sempre », disse l'uomo.

Perché si può essere nello stesso tempo fedeli e pigri.

E il piccolo principe continuò:

« Il tuo pianeta è così piccolo che in tre passi ne puoi fare il giro. Non hai che da camminare abbastanza lentamente per rimanere sempre al sole. Quando vorrai riposarti camminerai e il giorno durerà finché tu vorrai ».

« Non mi serve a molto », disse l'uomo. « Ciò che desidero soprattutto nella vita è di dormire ».

« Non hai fortuna », disse il piccolo principe.

« Non ho fortuna », rispose l'uomo. « Buon giorno ».

E spense il suo lampione.

Quest'uomo, si disse il piccolo principe, continuando il suo viaggio, quest'uomo sarebbe disprezzato da tutti gli altri, dal re, dal vanitoso, dall'ubriacone, dall'uomo d'affari. Tuttavia è il solo che non mi sembri ridicolo. Forse perché si occupa di altro che non di se stesso.

Ebbe un sospiro di rammarico e si disse ancora:

Questo è il solo di cui avrei potuto farmi un amico. Ma il suo pianeta è veramente troppo piccolo, non c'è posto per due...

Quello che il piccolo principe non osava confessare a se stesso, era che di questo pianeta benedetto rimpiangeva soprattutto i suoi millequattrocentoquaranta tramonti nelle ventiquattro ore!

XV

Il sesto pianeta era dieci volte piú grande. Era abitato da un vecchio signore che scriveva degli enormi libri.

« Ecco un esploratore », esclamò quando scorse il piccolo principe.

Il piccolo principe si sedette sul tavolo ansimando un poco. Era in viaggio da tanto tempo.

« Da dove vieni? » gli domandò il vecchio signore.

« Che cos'è questo grosso libro? » disse il piccolo principe. « Che cosa fate qui? »

« Sono un geografo », disse il vecchio signore.

« Che cos'è un geografo? »

« È un sapiente che sa dove si trovano i mari, i fiumi, le città, le montagne e i deserti ».

« È molto interessante », disse il piccolo principe, « questo finalmente è un vero mestiere! »

E diede un'occhiata tutto intorno sul pianeta del geografo. Non aveva mai visto fino ad ora un pianeta cosí maestoso.

« È molto bello il vostro pianeta. Ci sono degli oceani? »

« Non lo posso sapere », disse il geografo.

« Ah! (il piccolo principe fu deluso) E delle montagne? »

« Non lo posso sapere », disse il geografo.

« E delle città e dei fiumi e dei deserti? »

« Neppure lo posso sapere », disse il geografo.

« Ma siete un geografo! »

« Esatto », disse il geografo, « ma non sono un esploratore. Manco completamente di esploratori. Non è il geografo che va a fare il conto delle città, dei fiumi, delle montagne, dei mari, degli oceani e dei deserti. Il geografo è troppo importante per andare in giro. Non lascia mai il suo ufficio, ma riceve gli esploratori, li interroga e prende degli appunti sui loro ricordi. E se i ricordi di uno di loro gli sembrano interessanti, il geografo fa fare un'inchiesta sulla moralità dell'esploratore ».

« Perché? »

« Perché se l'esploratore mentisse porterebbe una catastrofe nei libri di geografia. Ed anche un esploratore che bevesse troppo ».

« Perché? » domandò il principe.

« Perché gli ubriachi vedono doppio e allora il geografo annoterebbe due montagne là dove ce n'è una sola ».

« Io conosco qualcuno », disse il piccolo principe, « che sarebbe un cattivo esploratore ».

« È possibile. Dunque, quando la moralità dell'esploratore sembra buona, si fa un'inchiesta sulla sua scoperta ».

« Si va a vedere? »

« No, è troppo complicato. Ma si esige che l'esploratore fornisca le prove. Per esempio, se si tratta di una grossa montagna, si esige che riporti delle grosse pietre ».

All'improvviso il geografo si commosse.

« Ma tu, tu vieni da lontano! Tu sei un esploratore! Mi devi descrivere il tuo pianeta! »

E il geografo, avendo aperto il suo registro, temperò la sua matita. I resoconti degli esploratori si annotano da prima a matita, e si aspetta per annotarli a penna che l'esploratore abbia fornito delle prove.

« Allora? » interrogò il geografo.

« Oh! da me », disse il piccolo principe, « non

è molto interessante, è talmente piccolo. Ho tre vulcani, due in attività e uno spento. Ma non si sa mai ».

« Non si sa mai », disse il geografo.

« Ho anche un fiore ».

« Noi non annotiamo i fiori », disse il geografo.

« Perché? Sono la cosa più bella ».

« Perché i fiori sono effimeri ».

« Che cosa vuol dire "effimero"? »

« Le geografie », disse il geografo, « sono i libri più preziosi fra tutti i libri. Non passano mai di moda. È molto raro che una montagna cambi di posto. È molto raro che un oceano si prosciughi. Noi descriviamo delle cose eterne ».

« Ma i vulcani spenti si possono risvegliare », interruppe il piccolo principe. « Che cosa vuol dire "effimero"? »

« Che i vulcani siano spenti o in azione, è lo stesso per noi », disse il geografo. « Quello che conta per noi è il monte, lui non cambia ».

« Ma che cosa vuol dire "effimero"? » ripeté il piccolo principe che in vita sua non aveva mai rinunciato a una domanda una volta che l'aveva fatta.

« Vuol dire "che è minacciato di scomparire in un tempo breve" ».

« Il mio fiore è destinato a scomparire presto? »

« Certamente ».

Il mio fiore è effimero, si disse il piccolo principe, e non ha che quattro spine per difendersi dal mondo! E io l'ho lasciato solo!

E per la prima volta si sentí pungere dal rámmarico. Ma si fece coraggio:

« Che cosa mi consigliate di andare a visitare? »

« Il pianeta Terra », gli rispose il geografo. « Ha una buona reputazione... »

E il piccolo principe se ne andò pensando al suo fiore.

XVI

Il settimo pianeta fu dunque la Terra.

La Terra non è un pianeta qualsiasi! Ci si contano cento e undici re (non dimenticando, certo, i re negri), settemila geografi, novecentomila uomini d'affari, sette milioni e mezzo di ubriaconi, trecentododici milioni di vanitosi, cioè due miliardi circa di adulti.

Per darvi un'idea delle dimensioni della Terra, vi dirò che prima dell'invenzione dell'elettricità bisognava mantenere, sull'insieme dei sei continenti, una vera armata di quattrocentosessantaduemila e cinquecentoundici lampionai per accendere i lampioni. Visto un po' da lontano faceva uno splendido effetto. I movimenti di questa armata erano regolati come quelli di un balletto d'opera. Prima c'era il turno di quelli che accendevano i lampioni della Nuova Zelanda e dell'Australia. Dopo di che, questi, avendo accesi i loro lampioni, se ne andavano a dormire. Allora entravano in scena quelli della Cina e della Siberia. Poi anch'essi se la battevano fra le quinte. Allora veniva il turno dei lampionai della Russia e delle Indie. Poi di quelli dell'Africa e dell'Europa. Poi di quelli dell'America del Sud e infine di quelli dell'America del Nord. E mai che si sbagliassero nell'ordine dell'entrata in scena. Era grandioso.

Soli, il lampionaio dell'unico lampione del Polo Nord e il confratello dell'unico lampione del Polo Sud, menavano vite oziose e noncuranti: lavoravano due volte all'anno.

XVII

Capita a volte, volendo fare dello spirito, di mentire un po'. Non sono stato molto onesto parlandovi degli uomini che accendono i lampioni. Rischio di dare a quelli che non lo conoscono una falsa idea del nostro pianeta. Gli uomini occupano molto poco posto sulla Terra. Se i due miliardi di abitanti che popolano la Terra stessero in piedi e un po' serrati, come per un comizio, troverebbero posto facilmente in una piazza di ventimila metri di lunghezza per ventimila metri di larghezza. Si potrebbe ammucchiare l'umanità su un qualsiasi isolotto del Pacifico.

Naturalmente i grandi non vi crederebbero. Si immaginano di occupare molto posto. Si vedono importanti come dei baobab. Consigliategli allora di fare dei calcoli, adorano le cifre e gli piacerà molto. Ma non perdete il vostro tempo con questo pensiero, è inutile, visto che avete fiducia in me.

Il piccolo principe, arrivato sulla Terra, fu molto sorpreso di non vedere nessuno. Aveva già paura di essersi sbagliato di pianeta, quando un anello del colore della luna si mosse nella sabbia.

« Buona notte », disse il piccolo principe a caso.

« Buona notte », disse il serpente.

« Su quale pianeta sono sceso? » domandò il piccolo principe.

« Sulla Terra, in Africa », rispose il serpente.

« Ah!... Ma non c'è nessuno sulla Terra? »

« Qui è il deserto. Non c'è nessuno nei deserti. La Terra è grande », disse il serpente.

Il piccolo principe sedette su una pietra e alzò gli occhi verso il cielo:

« Mi domando », disse, « se le stelle sono illuminate perché ognuno possa un giorno trovare la sua. Guarda il mio pianeta, è proprio sopra di noi... Ma come è lontano! »

« È bello », disse il serpente, « ma che cosa sei venuto a fare qui? »

« Ho avuto delle difficoltà con un fiore », disse il piccolo principe.

« Ah! » fece il serpente.

E rimasero in silenzio.

« Dove sono gli uomini? » riprese dopo un po' il piccolo principe. « Si è un po' soli nel deserto... »

« Si è soli anche con gli uomini », disse il serpente.

Il piccolo principe lo guardò a lungo.

« Sei un buffo animale », gli disse alla fine, « sottile come un dito!... »

« Ma sono più potente di un dito di un re », disse il serpente.

Il piccolo principe sorrise:

« Non mi sembri molto potente... non hai neppure delle zampe... e non puoi neppure camminare... »

« Posso trasportarti piú lontano che un bastimento », disse il serpente.

Si arrotolò attorno alla caviglia del piccolo principe come un braccialetto d'oro:

« Colui che tocco, lo restituisco alla terra da dove è venuto. Ma tu sei puro e vieni da una stella... »

Il piccolo principe non rispose.

« Mi fai pena, tu cosí debole, su questa Terra di granito. Potrò aiutarti un giorno se rimpiangerai troppo il tuo pianeta. Posso... »

« Oh! Ho capito benissimo », disse il piccolo principe, « ma perché parli sempre per enigmi? »

« Li risolvo tutti », disse il serpente.

E rimasero in silenzio.

«Sei un buffo animale», gli disse alla fine,
«sottile come un dito...».

Il piccolo principe traversò il deserto e non incontrò che un fiore. Un fiore a tre petali, un piccolo fiore da niente...

« Buon giorno », disse il piccolo principe.

« Buon giorno », disse il fiore.

« Dove sono gli uomini? » domandò gentilmente il piccolo principe.

Un giorno il fiore aveva visto passare una carovana:

« Gli uomini? Ne esistono, credo, sei o sette. Li ho visti molti anni fa. Ma non si sa mai dove trovarli. Il vento li spinge qua e là. Non hanno radici, e questo li imbarazza molto ».

« Addio », disse il piccolo principe.

« Addio », disse il fiore.

Il piccolo principe fece l'ascensione di un'alta montagna. Le sole montagne che avesse mai visto, erano i tre vulcani che gli arrivavano alle ginocchia. E adoperava il vulcano spento come uno sgabello. « Da una montagna alta come questa », si disse perciò, « vedrò di un colpo tutto il pianeta, e tutti gli uomini... » Ma non vide altro che guglie di roccia bene affilate.

« Buon giorno », disse a caso.

« Buon giorno... buon giorno... buon giorno... » rispose l'eco.

« Chi siete? » disse il piccolo principe.

« Chi siete?... chi siete?... chi siete?... » rispose l'eco.

« Siate miei amici, io sono solo », disse.

« Io sono solo... io sono solo... io sono solo... » rispose l'eco.

« Che buffo pianeta », pensò allora, « è tutto secco, pieno di punte e tutto salato. E gli uomini mancano d'immaginazione.

Ripetono ciò che loro si dice... Da me avevo un
fiore e parlava sempre per primo... »

XX

Ma capitò che il piccolo principe avendo camminato a lungo attraverso le sabbie, le rocce e le
nevi, scoperse alla fine una strada. E tutte le strade
portavano verso gli uomini.

« Buon giorno », disse.

Era un giardino fiorito di rose.

«˙Buon giorno », dissero le rose.

Il piccolo principe le guardò.

Assomigliavano tutte al suo fiore.

« Chi siete? » domandò loro stupefatto il piccolo principe.

« Siamo delle rose », dissero le rose.

« Ah! » fece il piccolo principe.

E si sentí molto infelice. Il suo fiore gli aveva
raccontato che era il solo della sua specie in tutto
l'universo. Ed ecco che ce n'erano cinquemila,
tutte simili, in un solo giardino.

« Sarebbe molto contrariato », si disse, « se ve-
desse questo... Farebbe del gran tossire e finge-
rebbe di morire per sfuggire al ridicolo. Ed io
dovrei far mostra di curarlo, perché se no, per
umiliarmi, si lascerebbe veramente morire... »

E si disse ancora: « Mi credevo ricco di un
fiore unico al mondo, e non possiedo che una qualsiasi rosa. Lei e i miei tre vulcani che mi arrivano

alle ginocchia, e di cui l'uno, forse, è spento per sempre, non fanno di me un principe molto importante... »

E, seduto nell'erba, piangeva.

Questo pianeta è tutto secco, pieno di punte e tutto salato.

XXI

In quel momento apparve la volpe.

« Buon giorno », disse la volpe.

« Buon giorno », rispose gentilmente il piccolo principe, voltandosi: ma non vide nessuno.

« Sono qui », disse la voce, « sotto al melo... »

« Chi sei? » domandò il piccolo principe, « sei molto carino... »

« Sono una volpe », disse la volpe.

« Vieni a giocare con me », le propose il piccolo principe, « sono così triste... »

« Non posso giocare con te », disse la volpe, « non sono addomesticata ».

« Ah! scusa », fece il piccolo principe.

Ma dopo un momento di riflessione soggiunse:

« Che cosa vuol dire "addomesticare"? »

« Non sei di queste parti, tu », disse la volpe, « che cosa cerchi? »

« Cerco gli uomini », disse il piccolo principe. « Che cosa vuol dire "addomesticare"? »

« Gli uomini », disse la volpe, « hanno dei fucili e cacciano. È molto noioso! Allevano anche delle galline. È il loro solo interesse. Tu cerchi delle galline? »

« No », disse il piccolo principe. « Cerco degli amici. Che cosa vuol dire "addomesticare"? »

« È una cosa da molto dimenticata. Vuol dire "creare dei legami"... »

« Creare dei legami? »

« Certo », disse la volpe. « Tu, fino ad ora, per me, non sei che un ragazzino uguale a centomila ragazzini. E non ho bisogno di te. E neppure tu hai bisogno di me. Io non sono per te che una volpe uguale a centomila volpi. Ma se tu mi addomestichi, noi avremo bisogno l'uno dell'altro. Tu sarai per me unico al mondo, e io sarò per te unica al mondo ».

« Comincio a capire », disse il piccolo principe. « C'è un fiore... credo che mi abbia addomesticato... »

« È possibile », disse la volpe. « Capita di tutto sulla Terra... »

« Oh! non è sulla Terra », disse il piccolo principe.

La volpe sembrò perplessa:

« Su un altro pianeta? »

« Sì ».

« Ci sono dei cacciatori su questo pianeta? »

« No ».

« Questo mi interessa! E delle galline? »

« No ».

« Non c'è niente di perfetto », sospirò la volpe.
Ma la volpe ritornò alla sua idea:

« La mia vita è monotona. Io do la caccia alle
galline, e gli uomini danno la caccia a me. Tutte le
galline si assomigliano, e tutti gli uomini si assomigliano. E io mi annoio perciò. Ma se tu mi addomestichi, la mia vita sarà come illuminata. Cono-
scerò un rumore di passi che sarà diverso da tutti
gli altri. Gli altri passi mi fanno nascondere sotto
terra. Il tuo, mi farà uscire dalla tana, come una
musica. E poi, guarda! Vedi, laggiú in fondo, dei
campi di grano? Io non mangio il pane e il grano,
per me è inutile. I campi di grano non mi ricordano
nulla. E questo è triste! Ma tu hai dei capelli color
dell'oro. Allora sarà meraviglioso quando mi avrai
addomesticato. Il grano, che è dorato, mi farà pensare a te. E amerò il rumore del vento nel grano... »

La volpe tacque e guardò a lungo il piccolo
principe:

« Per favore... addomesticami », disse.

« Volentieri », rispose il piccolo principe, « ma
non ho molto tempo, però. Ho da scoprire degli
amici, e da conoscere molte cose ».

« Non si conoscono che le cose che si addomesticano », disse la volpe. « Gli uomini non hanno piú tempo per conoscere nulla. Comprano dai mercanti le cose già fatte. Ma siccome non esistono mercanti di amici, gli uomini non hanno piú amici. Se tu vuoi un amico addomesticami! »

« Che bisogna fare? » domandò il piccolo principe.

« Bisogna essere molto pazienti », rispose la volpe. « In principio tu ti sederai un po' lontano da me, cosí, nell'erba. Io ti guarderò con la coda dell'occhio e tu non dirai nulla. Le parole sono una fonte di malintesi. Ma ogni giorno tu potrai sederti un po' piú vicino... »

Il piccolo principe ritornò l'indomani.

« Sarebbe stato meglio ritornare alla stessa ora », disse la volpe. « Se tu vieni, per esempio, tutti i pomeriggi alle quattro, dalle tre io comincerò ad essere felice. Col passare dell'ora aumenterà la mia felicità. Quando saranno le quattro, incomincerò ad agitarmi e ad inquietarmi; scoprirò il prezzo della felicità! Ma se tu vieni non si sa quando, io non saprò mai a che ora prepararmi il cuore... Ci vogliono i riti ».

« Che cos'è un rito? » disse il piccolo principe.

« Anche questa è una cosa da tempo dimenticata », disse la volpe. « È quello che fa un giorno diverso dagli altri giorni, un'ora dalle altre ore. C'è un rito, per esempio, presso i miei cacciatori. Il giovedi ballano con le ragazze del villaggio. Allora il giovedì è un giorno meraviglioso! Io mi spingo sino alla vigna. Se i cacciatori ballassero in un giorno qualsiasi, i giorni si assomiglierebbero tutti, e non avrei mai vacanza ».

Così il piccolo principe addomesticò la volpe. E quando l'ora della partenza fu vicina:

« Ah! » disse la volpe, « ... piangerò ».

« La colpa è tua », disse il piccolo principe, « io, non ti volevo far del male, ma tu hai voluto che ti addomesticassi... »

« È vero », disse la volpe.

« Ma piangerai! » disse il piccolo principe.

« È certo », disse la volpe.

« Ma allora che ci guadagni? »

« Ci guadagno », disse la volpe, « il colore del grano ».

Poi soggiunse:

« Va' a rivedere le rose. Capirai che la tua è unica al mondo.

« Quando ritornerai a dirmi addio, ti regalerò un segreto ».

Il piccolo principe se ne andò a rivedere le rose.

« Voi non siete per niente simili alla mia rosa, voi non siete ancora niente », disse. « Nessuno vi ha addomesticato, e voi non avete addomesticato nessuno. Voi siete come era la mia volpe. Non era che una volpe uguale a centomila altre. Ma ne ho fatto il mio amico ed ora è per me unica al mondo ».

E le rose erano a disagio.

« Voi siete belle, ma siete vuote », disse ancora. « Non si può morire per voi. Certamente, un qualsiasi passante crederebbe che la mia rosa vi rassomigli, ma lei, lei sola, è più importante di tutte voi, perché è lei che ho innaffiata. Perché è lei che ho messa sotto la campana di vetro. Perché è lei che ho riparata col paravento. Perché su di lei ho uccisi i bruchi (salvo i due o tre per le farfalle). Perché è lei che ho ascoltato lamentarsi o vantarsi, o anche qualche volta tacere. Perché è la mia rosa ».

E ritornò dalla volpe.

« Addio », disse.

Se tu vieni, per esempio, tutti i pomeriggi alle
quattro, dalle tre io comincerò ad essere
felice.

« Addio », disse la volpe. « Ecco il mio segreto. È molto semplice: non si vede bene che col cuore. L'essenziale è invisibile agli occhi ».

« L'essenziale è invisibile agli occhi », ripeté il piccolo principe, per ricordarselo.

« È il tempo che tu hai perduto per la tua rosa che ha fatto la tua rosa così importante ».

« È il tempo che ho perduto per la mia rosa... » sussurrò il piccolo principe per ricordarselo.

« Gli uomini hanno dimenticato questa verità. Ma tu non la devi dimenticare. Tu diventi responsabile per sempre di quello che hai addomesticato. Tu sei responsabile della tua rosa... »

« Io sono responsabile della mia rosa... » ripeté il piccolo principe per ricordarselo.

E, seduto sull'erba, piangeva.

XXII

« Buon giorno », disse il piccolo principe.

« Buon giorno », disse il controllore.

« Che cosa fai qui? » domandò il piccolo principe.

« Smisto i viaggiatori a mazzi di mille », disse il controllore. « Spedisco i treni che li trasportano, a volte a destra, a volte a sinistra ».

E un rapido illuminato, rombando come il tuono, fece tremare la cabina del controllore.

« Hanno tutti fretta », disse il piccolo principe. « Che cosa cercano? »

« Lo stesso macchinista lo ignora », disse il controllore.

Un secondo rapido illuminato sfrecciò nel senso opposto.

« Ritornano di già? » domandò il piccolo principe.

« Non sono gli stessi », disse il controllore. « È uno scambio ».

« Non erano contenti là dove stavano? »

« Non si è mai contenti dove si sta », disse il controllore.

E rombò il tuono di un terzo rapido illuminato.

« Inseguono i primi viaggiatori? » domandò il piccolo principe.

« Non inseguono nulla », disse il controllore. « Dormono là dentro, o sbadigliano tutt'al più. Solamente i bambini schiacciano il naso contro i vetri. »

« Solo i bambini sanno quello che cercano », disse il piccolo principe. « Perdono tempo per una bambola di pezza, e lei diventa così importante che, se gli viene tolta, piangono... »

« Beati loro », disse il controllore.

XXIII

« Buon giorno », disse il piccolo principe.

« Buon giorno », disse il mercante.

Era un mercante di pillole perfezionate che calmavano la sete. Se ne inghiottiva una alla settimana e non si sentiva piú il bisogno di bere.

« Perché vendi questa roba? » disse il piccolo principe.

« È una grossa economia di tempo », disse il mercante. « Gli esperti hanno fatto dei calcoli. Si risparmiano cinquantatré minuti alla settimana ».

« E che cosa se ne fa di questi cinquantatré minuti? »

« Se ne fa quel che si vuole... »

« Io », disse il piccolo principe, « se avessi cinquantatré minuti da spendere, camminerei adagio adagio verso una fontana... »

XXIV

Eravamo all'ottavo giorno della mia *panne* nel deserto, e avevo ascoltato la storia del mercante bevendo l'ultima goccia della mia provvista d'acqua:

« Ah! » dissi al piccolo principe, « sono molto graziosi i tuoi ricordi, ma io non ho ancora riparato il mio aeroplano, non ho piú niente da bere, e sarei felice anch'io se potessi camminare adagio adagio verso una fontana! »

« Il mio amico la volpe, mi disse... »

« Caro il mio ometto, non si tratta piú della volpe! »

« Perché? »

« Perché moriremo di sete... »

Non capí il mio ragionamento e mi rispose:

« Fa bene l'aver avuto un amico, anche se poi si muore. Io, io sono molto contento d'aver avuto un amico volpe... »

Non misura il pericolo, mi dissi. Non ha mai né fame, né sete. Gli basta un po' di sole...

Ma mi guardò e rispose al mio pensiero:

« Anch'io ho sete... cerchiamo un pozzo... »

Ebbi un gesto di stanchezza: è assurdo cercare un pozzo, a caso, nell'immensità del deserto. Tuttavia ci mettemmo in cammino.

Dopo aver camminato per ore in silenzio,

venne la notte, e le stelle cominciarono ad accendersi. Le vedevo come in sogno, attraverso alla febbre che mi era venuta per la sete. Le parole del piccolo principe danzavano nella mia memoria.

« Hai sete anche tu? » gli domandai.

Ma non rispose alla mia domanda. Mi disse semplicemente:

« Un po' d'acqua può far bene anche al cuore... »

Non compresi la sua risposta, ma stetti zitto... sapevo bene che non bisognava interrogarlo.

Era stanco. Si sedette. Mi sedetti accanto a lui. E dopo un silenzio disse ancora:

« Le stelle sono belle per un fiore che non si vede... »

Risposi: « Già », e guardai, senza parlare, le pieghe della sabbia sotto la luna.

« Il deserto è bello », soggiunse.

Ed era vero. Mi è sempre piaciuto il deserto. Ci si siede su una duna di sabbia. Non si vede nulla. Non si sente nulla. E tuttavia qualche cosa risplende in silenzio...

« Ciò che abbellisce il deserto », disse il piccolo principe, « è che nasconde un pozzo in qualche luogo... »

Fui sorpreso di capire d'un tratto quella misteriosa irradiazione della sabbia. Quando ero piccolo abitavo in una casa antica, e la leggenda racconta-

Rise, toccò la corda, mise in moto la carrucola.

va che c'era un tesoro nascosto. Naturalmente nessuno ha mai potuto scoprirlo, né forse l'ha mai cercato. Eppure incantava tutta la casa. La mia casa nascondeva un segreto nel fondo del suo cuore...

« Sí », dissi al piccolo principe, « che si tratti di una casa, delle stelle o del deserto, quello che fa la loro bellezza è invisibile ».

« Sono contento », disse il piccolo principe, « che tu sia d'accordo con la mia volpe ».

Incominciava ad addormentarsi, io lo presi tra le braccia e mi rimisi in cammino. Ero commosso. Mi sembrava di portare un fragile tesoro. Mi sembrava pure che non ci fosse niente di piú fragile sulla Terra. Guardavo, alla luce della luna, quella fronte pallida, quegli occhi chiusi, quelle ciocche di capelli che tremavano al vento, e mi dicevo: « Questo che io vedo non è che la scorza. Il piú importante è invisibile... »

E siccome le sue labbra semiaperte abbozzavano un mezzo sorriso mi dissi ancora: « Ecco ciò che mi commuove di piú in questo piccolo principe addormentato: è la sua fedeltà a un fiore, è l'immagine di una rosa che risplende in lui come la fiamma di una lampada, anche quando dorme... » E lo pensavo ancora piú fragile. Bisogna ben proteggere le lampade: un colpo di vento le può spegnere...

E cosí, camminando, scoprii il pozzo al levar del sole.

XXV

« Gli uomini », disse il piccolo principe, « si imbucano nei rapidi, ma non sanno piú che cosa cercano. Allora si agitano, e girano intorno a se stessi... »

E soggiunse:

« Non vale la pena... »

Il pozzo che avevamo raggiunto non assomigliava ai pozzi sahariani.

I pozzi sahariani sono dei semplici buchi scavati nella sabbia. Questo assomigliava a un pozzo di villaggio. Ma non c'era alcun villaggio intorno, e mi sembrava di sognare.

« È strano », dissi al piccolo principe, « è tutto pronto: la carrucola, il secchio e la corda... »

Rise, toccò la corda, mise in moto la carrucola. E la carrucola gemette come geme una vecchia banderuola dopo che il vento ha dormito a lungo.

« Senti », disse il piccolo principe, « noi svegliamo questo pozzo e lui canta... »

Non volevo che facesse uno sforzo.

« Lasciami fare », gli dissi, « è troppo pesante per te ».

Lentamente issai il secchio fino all'orlo del pozzo. Lo misi bene in equilibrio. Nelle mie orecchie perdurava il canto della carrucola e nell'acqua che tremava ancora, vedevo tremare il sole.

« Ho sete di questa acqua », disse il piccolo principe, « dammi da bere... »

E capii quello che aveva cercato! Sollevai il secchio fino alle sue labbra. Bevette con gli occhi chiusi. Era dolce come una festa. Quest'acqua era ben altra cosa che un alimento. Era nata dalla marcia sotto le stelle, dal canto della carrucola, dallo sforzo delle mie braccia. Faceva bene al cuore, come un dono. Quando ero piccolo, le luci dell'albero di Natale, la musica della Messa di mezzanotte, la dolcezza dei sorrisi, facevano risplendere i doni di Natale che ricevevo.

« Da te, gli uomini », disse il piccolo principe, « coltivano cinquemila rose nello stesso giardino... e non trovano quello che cercano... »

« Non lo trovano », risposi.

« E tuttavia quello che cercano potrebbe essere trovato in una sola rosa o in un po' d'acqua... »

« Certo », risposi.

E il piccolo principe soggiunse:

« Ma gli occhi sono ciechi. Bisogna cercare col cuore ».

Avevo bevuto. Respiravo bene. La sabbia, al levar del sole, era color del miele. Ero felice anche di questo color di miele. Perché mi sentivo invece angustiato?

« Devi mantenere la tua promessa », mi disse dolcemente il piccolo principe, che di nuovo si era seduto vicino a me.

« Quale promessa? »

« Sai... una museruola per la mia pecora... sono responsabile di quel fiore! »

Tirai fuori dalla tasca i miei schizzi. Il piccolo principe li vide e disse ridendo:

« I tuoi baobab assomigliano un po' a dei cavoli... »

« Oh! »

Io, che ero così fiero dei baobab!

« La tua volpe... le sue orecchie... assomigliano un po' a delle corna... e sono troppo lunghe! »

E rise ancora.

« Sei ingiusto, ometto, non sapevo disegnare altro che boa dal di dentro e dal di fuori ».

« Oh, andrà bene », disse, « i bambini capiscono ».

Disegnai dunque una museruola. E avevo il cuore stretto consegnandogliela:

« Hai dei progetti che ignoro... »

Ma non mi rispose. Mi disse:

« Sai, la mia caduta sulla Terra... sarà domani l'anniversario... »

Poi, dopo un silenzio, disse ancora:

« Ero caduto qui vicino... »

Ed arrossì.

Di nuovo, senza capire il perché, provai uno strano dispiacere. Tuttavia una domanda mi venne alle labbra:

« Allora, non è per caso, che il mattino in cui ti ho conosciuto, tu passeggiavi tutto solo a mille miglia da qualsiasi regione abitata! Ritornavi verso il punto della tua caduta? »

Il piccolo principe arrossi ancora.

E aggiunsi, esitando:

« Per l'anniversario, forse? »

Il piccolo principe arrossi di nuovo. Non rispondeva mai alle domande, ma quando si arrossisce vuol dire « si », non è vero?

« Ah! » gli dissi, « ho paura... »

Ma mi rispose:

« Ora devi lavorare. Devi riandare dal tuo motore. Ti aspetto qui. Ritorna domani sera... »

Ma non ero rassicurato. Mi ricordavo della volpe. Si arrischia di piangere un poco se ci si è lasciati addomesticare...

XXVI

C'era a fianco del pozzo un vecchio muro di pietra in rovina. Quando ritornai dal mio lavoro, l'indomani sera, vidi da lontano il mio piccolo principe che era seduto là sopra, le gambe penzoloni. Lo udii che parlava.

« Non te ne ricordi più? » diceva, « non è proprio qui! »

Un'altra voce senza dubbio gli rispondeva, perché egli replicò:

« Sì! sì! è proprio questo il giorno, ma non è qui il luogo... »

Continuai il mio cammino verso il muro. Non vedevo, né udivo ancora l'altra persona. Tuttavia il piccolo principe replicò di nuovo:

« ... Sicuro. Verrai dove incominciano le mie tracce nella sabbia. Non hai che da attendermi là. Ci sarò questa notte ».

Ero a venti metri dal muro e non vedevo ancora nulla.

Il piccolo principe disse ancora, dopo un silenzio:

« Hai del buon veleno? Sei sicuro di non farmi soffrire troppo tempo? »

Mi arrestai, il cuore stretto, ma ancora non capivo.

« Ora vattene, » disse, « voglio ridiscendere! »

Allora anch'io abbassai gli occhi ai piedi del muro e feci un salto!

C'era là, drizzato verso il piccolo principe, uno di quei serpenti gialli che ti uccidono in trenta secondi. Pur frugando in tasca per prendere il revolver, mi misi a correre, ma al rumore che feci, il serpente si lasciò scivolare dolcemente nella sabbia, come un getto d'acqua che muore, e senza troppo affrettarsi si infilò tra le pietre con un leggero rumore metallico. Arrivai davanti al muro giusto in tempo per ricevere fra le braccia il mio ometto, pallido come la neve.

« Che cos'è questa storia! Adesso parli coi serpenti! »

Avevo disfatto la sua sciarpa d'oro.

Gli avevo bagnato le tempie e l'avevo fatto bere. Ed ora non osavo più domandargli niente. Mi guardò gravemente e mi strinse le braccia al collo. Sentivo battere il suo cuore come quello di un uccellino che muore, quando l'hanno colpito col fucile. Mi disse:

« Sono contento che tu abbia trovato quello che mancava al tuo motore. Puoi ritornare a casa tua... »

« Come lo sai? »

Stavo appunto per annunciargli che, insperatamente, ero riuscito nel mio lavoro!

Ora vattene, disse, voglio ridiscendere.

Non rispose alla mia domanda, ma soggiunse:

« Anch'io, oggi, ritorno a casa... »

Poi, melanconicamente:

« È molto piú lontano... è molto piú difficile... »

Sentivo che stava succedendo qualche cosa di straordinario. Lo stringevo fra le braccia come un bimbetto, eppure mi sembrava che scivolasse verticalmente in un abisso, senza che io potessi fare nulla per trattenerlo...

Aveva lo sguardo serio, perduto lontano:

« Ho la tua pecora. E ho la cassetta per la pecora. E ho la museruola... »

E sorrise con malinconia.

Attesi a lungo. Sentivo che a poco a poco si riscaldava:

« Ometto caro, hai avuto paura... »

Aveva avuto sicuramente paura!

Ma rise con dolcezza:

« Avrò ben piú paura questa sera... »

Mi sentii gelare di nuovo per il sentimento dell'irreparabile. E capii che non potevo sopportare l'idea di non sentire piú quel riso. Era per me come una fontana nel deserto.

« Ometto, voglio ancora sentirti ridere... »

Ma mi disse:

« Sarà un anno questa notte. La mia stella sarà proprio sopra al luogo dove sono caduto l'anno scorso... »

« Ometto, non è vero che è un brutto sogno quella storia del serpente, dell'appuntamento e della stella?... »

Ma non mi rispose. Disse:

« Quello che è importante, non lo si vede... »

« Certo... »

« È come per il fiore. Se tu vuoi bene a un fiore che sta in una stella, è dolce, la notte, guardare il cielo. Tutte le stelle sono fiorite ».

« Certo... »

« È come per l'acqua. Quella che tu mi hai dato da bere era come una musica, c'era la carrucola e c'era la corda... ti ricordi... era buona ».

« Certo... »

« Guarderai le stelle, la notte. È troppo piccolo da me perché ti possa mostrare dove si trova la mia stella. È meglio così. La mia stella sarà per te una delle stelle. Allora, tutte le stelle, ti piacerà guardarle... Tutte, saranno tue amiche. E poi ti voglio fare un regalo... »

Rise ancora.

« Ah! ometto, ometto mio, mi piace sentire questo riso! »

« E sarà proprio questo il mio regalo... sarà come per l'acqua... »

« Che cosa vuoi dire? »

« Gli uomini hanno delle stelle che non sono le stesse. Per gli uni, quelli che viaggiano, le stelle

115

sono delle guide. Per altri non sono che delle piccole luci. Per altri, che sono dei sapienti, sono dei problemi. Per il mio uomo d'affari erano dell'oro. Ma tutte queste stelle stanno zitte. Tu, tu avrai delle stelle come nessuno ha... »

« Che cosa vuoi dire? »

« Quando tu guarderai il cielo, la notte, visto che io abiterò in una di esse, visto che io riderò in una di esse, allora sarà per te come se tutte le stelle ridessero. Tu avrai, tu solo, delle stelle che sanno ridere! »

E rise ancora.

« E quando ti sarai consolato (ci si consola sempre), sarai contento di avermi conosciuto. Sarai sempre il mio amico. Avrai voglia di ridere con me. E aprirai a volte la finestra, così, per il piacere... E i tuoi amici saranno stupiti di vederti ridere guardando il cielo. Allora tu dirai: "Sí, le stelle mi fanno sempre ridere!" e ti crederanno pazzo.

« T'avrò fatto un brutto scherzo... »

E rise ancora.

« Sarà come se t'avessi dato, invece delle stelle, mucchi di sonagli che sanno ridere... »

E rise ancora. Poi ridivenne serio.

« Questa notte... sai, non venire ».

« Non ti lascerò ».

« Sembrerà che io mi senta male... sembrerà

116

un po' che io muoia. È così. Non venire a vedere, non vale la pena... »

« Non ti lascerò ».

Ma era preoccupato.

« Ti dico questo... Anche per il serpente. Non bisogna che ti morda... I serpenti sono cattivi. Ti può mordere per il piacere di... »

« Non ti lascerò ».

Ma qualcosa lo rassicurò:

« È vero che non hanno più veleno per il secondo morso... »

Quella notte non lo vidi mettersi in cammino.

Si era dileguato senza far rumore. Quando riuscii a raggiungerlo camminava deciso, con un passo rapido. Mi disse solamente:

« Ah! sei qui... »

E mi prese per mano. Ma ancora si tormentava:

« Hai avuto torto. Avrai dispiacere. Sembrerò morto e non sarà vero... »

Io stavo zitto.

« Capisci? È troppo lontano. Non posso portare appresso il mio corpo. È troppo pesante ».

Io stavo zitto.

« Ma sarà come una vecchia scorza abbandonata. Non sono tristi le vecchie scorze... »

Io stavo zitto.

Si scoraggiò un poco. Ma fece ancora uno sforzo:

« Sarà bello, sai. Anch'io guarderò le stelle. Tutte le stelle saranno dei pozzi con una carrucola arrugginita. Tutte le stelle mi verseranno da bere... »

Io stavo zitto.

« Sarà talmente divertente! Tu avrai cinquecento milioni di sonagli, io avrò cinquecento milioni di fontane... »

E tacque anche lui perché piangeva.

« È là. Lasciami fare un passo da solo ».

Si sedette perché aveva paura.

E disse ancora:

« Sai... il mio fiore... ne sono responsabile! Ed è talmente debole e talmente ingenuo. Ha quattro spine da niente per proteggersi dal mondo... »

Mi sedetti anch'io perché non potevo più stare in piedi. Disse:

« Ecco... è tutto qui... »

Esitò ancora un poco, poi si rialzò. Fece un passo. Io non potevo muovermi.

Non ci fu che un guizzo giallo vicino alla sua caviglia. Rimase immobile per un istante. Non gridò. Cadde dolcemente come cade un albero. Non fece neppure rumore sulla sabbia.

XXVII

Ed ora, certo, sono già passati sei anni. Non ho ancora mai raccontata questa storia. Gli amici che mi hanno rivisto erano molto contenti di rivedermi vivo. Ero triste, ma dicevo: « È la stanchezza... » Ora mi sono un po' consolato. Cioè... non del tutto. Ma so che è ritornato nel suo pianeta, perché al levar del giorno, non ho ritrovato il suo corpo. Non era un corpo molto pesante... E mi piace la notte ascoltare le stelle. Sono come cinquecento milioni di sonagli...

Ma ecco che accade una cosa straordinaria.

Alla museruola disegnata per il piccolo principe, ho dimenticato di aggiungere la correggia di cuoio! Non avrà mai potuto mettere la museruola alla pecora. Allora mi domando:

« Che cosa sarà successo sul suo pianeta? Forse la pecora ha mangiato il fiore... »

Tal altra mi dico: « Certamente no! Il piccolo principe mette il suo fiore tutte le notti sotto la sua campana di vetro, e sorveglia bene la sua pecora... » Allora sono felice. E tutte le stelle ridono dolcemente.

Tal altra ancora mi dico: « Una volta o l'altra si distrae e questo basta! Ha dimenticato una sera la campana di vetro, oppure la pecora è uscita senza far rumore durante la notte... » Allora i sonagli si cambiano tutti in lacrime!

È tutto un grande mistero!

Per voi che pure volete bene al piccolo principe, come per me, tutto cambia nell'universo se in qualche luogo, non si sa dove, una pecora che non conosciamo ha, sí o no, mangiato una rosa.

Guardate il cielo e domandatevi: la pecora ha mangiato o non ha mangiato il fiore? E vedrete che tutto cambia...

Ma i grandi non capiranno mai che questo abbia tanta importanza.

Cadde dolcemente come cade un albero.

Questo è per me il più bello e il più triste paesaggio del mondo. È lo stesso paesaggio della pagina precedente, ma l'ho disegnato un'altra volta perché voi lo vediate bene. È qui che il piccolo principe è apparso sulla Terra e poi è sparito.

Guardate attentamente questo paesaggio per essere sicuri di riconoscerlo se un giorno farete un viaggio in Africa, nel deserto. E se vi capita di passare di là, vi supplico, non vi affrettate, fermatevi un momento sotto le stelle! E se allora un bambino vi viene incontro, se ride, se ha i capelli d'oro, se non risponde quando lo si interroga, voi indovinerete certo chi è. Ebbene, siate gentili! Non lasciatemi così triste: scrivetemi subito che è ritornato...

NOTE

NOTE

NOTE

NOTE

TASCABILI BOMPIANI RAGAZZI
Periodico settimanale anno I numero 1
Registr. Tribunale di Milano n. 133 del 2/4/1976
Direttore responsabile: Francesco Grassi
Finito di stampare nel novembre 1997 presso
lo stabilimento Grafica Pioltello s.r.l.
Seggiano di Pioltello (Mi)
Printed in Italy

ISBN 88-452-0511-8